김재원 시집

그리움을
깨우다

상상인 시인선 *049*

그리움을
깨우다

*본문 페이지에서 한 연이 첫 번째 행에서 시작될 때에는 〈 표기를 합니다.
*저자의 의도에 따라 작품의 보조 동사와 합성 명사는 띄어쓰기가 달라질 수
있습니다.

시인의 말

살아온 지난날이
빛의 행적처럼
잔상으로 남는다

모든 기억의 아쉬움 속에
내면에서 깨어나는 순간이
그리움이 아닐까

2024년 3월
김재원

고독과 그리움의 문제

김건중(소설가, 한국작가협회 회장)

가슴에 내재되어 있는 농밀한 감정을 함축시켜 응어리를 풀어내듯 쏟아놓는 언어가 시라고 생각한다.

그렇다면 시인의 작품은 그 시인의 가슴에 내재되어 있던 이야기인 것이다.

늘 이런 생각을 하고 있던 차에 김재원 시인으로부터 첫 시집을 낸다고 그에 관해 몇 자 써달라는 청탁을 받았다. 잠시 망설이긴 했으나 김재원 시인은 필자가 발행하는 『한국작가』로 등단했고, 또한 경쟁률이 높은 '경기 신인문학상'을 수상하여 그의 작품에 대해 익히 알고 있던 터라 승낙하고 말았다.

어찌 보면 늦깎이 시인이긴 해도 시를 다루는 솜씨가 예사롭지 않고, 시가 무엇인가를 알고 쓰는 시인이라 이 글조차도 조심스럽지 않을 수 없다.

김재원 시인이 다루고 있는 여러 가지의 소재 중에서 눈길을 끄는 것은 우선 인간이면 누구나 느끼는 고독에 대한 문제와 그리움이라는 형이상학적 소재를 시적 미학으로 형상화시키고 있다는 점이다.

시 「그리움을 깨우다」에서 "나는 그리울 때마다/새로운 추억으로 갈아 끼운다"로 그리움에 대한 자신의 감정을 다스리며 호소력 있게 형상화했다. 또한 「머무는 자리」는 "밝은 모습 볼 수 있다면"으로 그리움의 대상에 대해 아름다운 감성을 드러냈고, 「

가을의 뒷모습」은 "만남 없는 그리움만 남는다"로 계절의 흐름을 메타포가 있는 그리움으로 대변시켜놓고 있다. 뿐만 아니라 「설한목」은 "내일을 꿈꾸며 벗어놓은 허물"로 시가 지니고 있는 상징성을 살려 패기 있게 표현하고 있으며 「라일락 향기」는 또 다른 이미지 창출을 위해 "풋살 냄새 되어/보랏빛 가운 하나 걸치고"로 그 이미지를 극대화하여 울림을 주고 있다.

이런 일련의 작품들이 모두 시에서 요구되는 함축성과 의미성 그리고 운율성까지 고루 갖추고 있음은 나름 시에 대한 내공이 있음을 알 수 있다. 이런 내공은 「조약돌 이순」에서 "천년의 억겁을 넘어서/모진 시간 위를 구른다"로 집약된 모습을 보이고 있으며 「한나절의 꿈」에서의 "달려가는 그 길에서/하나둘 그려가는/우리들 인연"으로 절정을 이루고 있다.

김재원 시인은 미술작품 수집을 하고 있는데 이는 미술작품으로부터 자신을 힐링하고 그 작품 속에 있는 의미를 통해 우리의 삶 속에 자리하고 있는 영원한 고독의 문제와 그리움의 문제를 읽고 있기 때문으로 추정된다. 그런 감성은 곧 시라는 문학작품으로 승화되어 좋은 시를 쓰려는 것이라 믿어진다.

모든 문학작품이 그렇겠지만 특히 시의 경우 고도의 문학성이 요구되기 때문에 문학의 꽃이라고 부르기도 한다. 이 어려운 시 창작의 길에 들어선 김재원 시인은 자신의 가슴 속에 지니고 있는 영원한 숙제인 고독의 문제와 그리움의 문제를 비교적 잘 승화시켰다는 생각이다. 그러나 그 두 문제는 생각보다는 훨씬 난제가 따르는 소재이고 형이상학적이기 때문에 많은 창작적 고민과 노력이 뒤따른다는 것을 일러두고 싶다.

어쨌건 첫 시집 발간을 축하드리며 더욱 정진하여 큰 시인으로 발돋움하길 빌며 갈채를 보낸다.

1부　나뭇잎의 궤적이 붉다

2부 푸른 하늘에 얼굴 묻고

3부 물 위의 흔적을 지운다

4부   기억은 부서지는 파편으로

1부

나뭇잎의 궤적이 붉다

마음의 창

마음의 거울을 바라본다

작은 틀에 갇혀버린 공간이지만

녹아드는 따스한 느낌

겨울 풍경마저 온기 속에 무너진다

밖으로 비친 네 모습

쇼윈도 천사라 부르고 싶다

무엇인들 어떠리

투명유리 통과하는 작은 인연

너로 인한 내 심연에서

네가 행복하다면 나 또한 기뻐하리

조약돌 耳順

거친 심성 다듬어
손안에 부드러운 촉감을
전해주는 조약돌

비바람에 함께한 세월도
기억할 수는 없지만
보이는 것이 전부가 아니다

심술궂은 발에 걷어차이고
길에서 만난 우연을 인연 삼아
하루를 살기 위해 부랑하던 시간

백 년을 지나
천 년의 억겁을 넘어서
모진 시간 위를 구른다

낯선 별자리처럼 나뒹구는 조약돌
지난 발자국을 되짚는데

나 이제 소년에서

반백의 서리꽃으로 피어

귀가 순해진다는 耳順을 지나고 있구나

만추의 여정

바람 소리 거칠게 나를 사로잡는다

나뭇가지 동면을 위하여
혹독한 고립과 마주하는 시간을 따라
발품 팔아 산책을 나선다

길에서 만나는 자연의 분주함은
나뭇잎처럼 가볍다

들풀도 제 자리를 지키며 빛나고
누군가 돌보지 않아도 서로 의지하며 살아간다

비바람 몰아쳐서 흔들어 넘어지고
넘어지면 다시 일어나
아무 일 없다는 듯 푸르다

흔들리는 억새도 소리 내어 울지만
울음 그치는 날
또 다른 생의 시작이 될 것이다
〈

한 방향만 보고 내달려온 가을의 끝자락
나풀거린 나뭇잎의 궤적이 붉다

빗물 여행

추적추적 내리는 비

톡톡 팅기는 빗방울
당신을 닮은 듯

비 오는 날이면
온종일 생각이 젖다가도
가장 낮은 속세로 스며든다

내 마음의
빗물 같은 그대는
하염없이 흘러
가는 곳 알 수 없어도

빗소리에 귀 기울이면
고향 소식 들려올 듯한데

어딘가 몸 둘 곳 있다면
이 또한 平安이 아닌가
〈

낮음으로 품을 수 있는
물 따라가는 여행
고요의 바다가 기다리겠지

하얀 벚꽃의 꿈

따뜻한 햇볕 아래
온몸 가득 꽃을 피우고
해지고 달무리 지면
어둠으로 얼굴을 가린다

하나둘 벗어 놓은 옷
가로등마저 부끄러워 덮고
눈부시도록 하얀 속살 드러내
활공에 펼친 춤사위는 시작된다

얼마나 기다렸던가
저 온통 새하얀 문장을

나의 밤
이제부터 눈치 볼 것 없는
어우러진 무리 속
부는 바람에 온몸 맡긴 채
두 눈 감고 리듬을 타면

하얀 나비 흩어져 밤새 노닐다

가지 위에 사뿐히 내려앉은
아침 이슬에 혼곤히 젖는다

가을의 뒷모습

가을은 뒷모습이 아름답다

격정으로 치닫는 순간도
잠시 휴식으로 가는 길목이다

돌아볼 수 있는 참회의 계절
결과를 소중하게 받아들이는 겸손이 눈부시다

저, 낙엽 무덤도 아름답게만 보일 수 있는 건
새 생명이 있기 때문이다

깊어 가는 가을이다
이 좋은 날
살면서 좋은 것만 할 수 없듯이
정리가 필요함을 느낀다

시간은 지체 없이 흘러가는데
일면식도 없는

다른 사람과 소통을 위해
시간을 허비하기엔 아깝지 아니한가

가을이라 그런지 공허하다
흩어지는 빈자리

만남 없는 그리움은 외로움만 남는다

*

높은 하늘 구름은
바람 따라 흐르고

흔들리는 나뭇잎
화려한 변신을 꿈꿀 때

나의 가을은
바람으로 떠돌다
그대 앞에 서면
무슨 말이 필요할까

*

비바람에 견디던
빛바랜 이파리 바라보며
애끓는 마음뿐

시월의 가지마다
당신 마음 걸어 두고
겨울 앞에 서니
채우고 있는 욕심이
부끄럽기만 하다

가리왕산에서

산 굽이굽이
구름은 내려와 앉았구나

여린 이파리는 바람에 흔들리며
나무 그늘로 자라
뒹구는 낙엽이 되고

앙상한 가지들이
눈꽃으로 피어날 때

굽이치는 지층이
꼼짝 않고 버텨주었다

하늘 아래 첫 동네
곱사등처럼 굽은 허리를
조심스레 펴 보이고 있다

구절초

여미는 바람
향기 담아
코끝 스치고
낯선 발걸음
가던 길 돌린다

저 멀리 반겨주는
고귀한 자태
하얀 눈썹 깜박깜박
둥근 얼굴 내밀고
방긋 웃는다

저토록 우아하기만 한
구절초의 맵시

경사진 비탈을 타 넘는
저 불면의 환희들

쓸쓸한 밤
스며드는 찬 서리

가슴으로 맞으며
오늘도 내일도
누구를 기다리나

칠월 청포도

청포도 익어가는 날

내 언저리 어딘가
당신 그늘 드리우고

영롱한 이슬 되어
아침을 맞이한다

풀잎 색도 짙어지는
칠월 아침

알알이 얼마나 깊이 영그는지
농염한 키스라도
하고 싶은 날

투명한 이슬에 비친
아름다운 그대 모습

다시 만난 건 오늘의 기적
〈

나의 칠월

청포도 되어

달콤한 사랑으로 익어가리

무뎌진 감각

뒤늦은 고통과 시련도 감내해야 할 내 몫이라면 그 또한 마다하지 않으리

어리석은 자의 아둔한 아픔을 간직한 채 가둬버리는 시간은 암흑 속으로 추락하고

쌓은 것조차 무너져 내리는 현실이 백지白紙의 막막함 같다

소리 없는 그림자처럼 동행하는 침묵 속에 담긴 의미를 알 수만 있다면 지혜로운 삶을 살 수 있건만

세월 지나서야 조금 알게 된다

나이가 사람을 만든다

유월을 맞이하며

고개를 숙인다는 건
부끄러움을 알아버린 생각의 무게

사람 사는 일에 있어서
절정의 순간 다음에는
내려오는 일밖에 없으니

영원한 것은 없다 했다

세상의 모든 푸르름은 도착하고
그 물감 철철 넘치는데

아부는 너를 높여
나를 돋보이게 하나
겸손은 나를 낮추어
너를 돋보이게 하는 것

교차하는 만감

햇빛이
가슴으로 스며드는
아침
함께할 수 있는
그대가 있어서 행복하다

나이가
든다는 건
뒤돌아보는 시간도
많아지는 것
욕망으로 채우려고
달려온 시간들도
한낱
부질없음을

고요히 북적이는
열락悅樂

비워내지 못하고
살아온 시간에

받았던 상처만큼

나도 누군가에게
아픔을 주지나 않았는지
만감이 교차한다

오월 햇살

창 너머
눈 부신 햇살
지난밤
어둠 속 꿈틀대던
침묵
햇살 속 묻혀 간다

하늘은
푸른색 담고
거리마다
황톳빛 물들이고

가로수
진녹색 옷 입혀
겹겹이 색칠한다

처음 눈 맞춘
연둣빛은 어디 가고
있어도 없는 바람은
소일거리 삼아 떠돈다

〈

잠재웠던 기억
푸른 이슬 마르기 전
싱그러운 향기로
마음 밭 가득 채우리

봄비

창문을 할퀴고
소리 없이
맞이하는 아침
밤새 뒤척이다가
그대
오는 줄도 몰랐습니다

기왕이면
흠뻑 적셔주길 바랐는데
흔적만 남기고
떠나셨습니다

목마른 사랑
가슴 미어지도록 느끼고 싶었던
그대 향기는
어디에도 없습니다

촉촉이 젖어가는 대지

서로의 영혼을 맞대려고

오래 스며들고 있습니다

꽃향기 짙어가건만
벌 나비는 없듯이
마음 한편에는
채울 수 없는
갈증만 깊어갑니다

고향의 어머니

뒤돌아보는 마음

아득하고 가냘픈
숨결마저 그립습니다

오늘 힘들었던
이 시간
내일이면
회복되어 새날을 시작하고

아물지 않는 흔적에
조각난 추억
하나둘 피어나서

눈시울 적시며
물밀듯 밀려오는
애잔한 마음에
어머니
그 이름 불러봅니다
〈

세상 문 열고
동심 머물던
고향의 봄은
눈을 감아도 그립습니다

이어지는 마음과 마음

사람 마음이란
움직이는 것

생각이 정지되어 있다면
그것을 깨우는 건 자신이거늘
남의 탓으로만 돌릴 수 있을까

고착된 주장으로
가르치려는 자를
우리는 꼰대라고 한다

어디까지가 옳고 그른지를
판단하는 것도 시대마다 다르다

마음이 마음으로 이어지는 길은
진정 가고 싶은 길이다

무엇 때문이 아니라
존재만으로 환대받는 감격이다

사랑

멋지다는 건
남에게 보이는 것이지만

만족한다는 건
나에게 느껴지는 것이다

자신을 사랑하지
못하는 사람은
남을 사랑하지 못한다

뒷모습이 아름다운 건
성숙한 내면의 반영이다

사랑은
선이거나 위선도 아니다
다만 마음의 상태이다

2부

푸른 하늘에 얼굴 묻고

잔상

화려함 뒤에 남는 것처럼
민낯으로 일그러져
본질은 같은데
아무도 알아보지 못하는구나

보인다고 다 같은 현상은 아닐 텐데
형체는 달라도 변할 수 있는 게
본래의 실체이거늘

하루하루 살아간다는 건
물이 넘치지 않을 만큼만
자중해야 하는 것

어이하여
네가 너인데
네가 나라고 하는지
못 본 체 못 들은 체
살아야 할까

등 떠밀린 세월

어느덧
세월에 등 떠밀려 가는
나이가 되었구나

보잘것없는
한 사람으로 태어나
세상 속에서
살아보겠다고
열심히 살아왔는데

지금 와서 보니
모두가 일장춘몽이구나

주위를 둘러보아도
내 손에 쥐어진 것은
한 줌의 바람 같은
작은 추억들뿐

세월도
길 아닌 길로 나를 끌고

내 욕심만 과하게
흘러가는 시간

신기루 되어 사라진다

酒色과 喜怒哀樂

가장 아름답고
가장 추한 것을 말하라면
酒色이다

떨어져 있는 듯하면서
같이 공생하는 절친이기도 하다

부족하면 섭섭하고 과하면 추하고
적당한 것이 가장 좋은데
그 한계가 모호하다

산다는 것은
얼마나 어려운 일인가

태어날 때 순서는 있어도
갈 때는 순서가 없다는 사실

喜怒哀樂을
느낄 수 있다는 건
살아 있다는 것

〈

그 이치를 알고 나니
사는 게 다 별거 아니더라

그리움을 깨우다

그리우면 그립다고 말하지
가슴에 담아두면
차고 넘쳐
마음이 녹아내릴 것 같다

보고 싶으면 보고 싶다 불러볼걸
입안에 맴도는 건
마음이 멈칫하기 때문이다

마음 감춘다고
숨겨지는 게 아니라
나만 그렇게 믿을 뿐이었다

나는 그리울 때마다
새로운 추억으로 갈아 끼운다

아주 멀기만 했던 과거가
바람처럼 밀려온다

머무는 자리

그대 잠든 머리맡에
가만히 앉아

이 밤 지나도록 머물다
조용히 사라지는
어둠이 되리라

그대는 모르리
밤새 뒤척이는 모습
잠 깰라 저려오는 다리도
가눌 길 없었다

눈뜨는 아침
밝은 모습 볼 수 있다면
무엇인들 어떠하리

머무는 자리마다 그대가 있음이라

그 사람의 안부

슬픈 사람은
슬프다고 말하지 않는다

아픈 사람도
아프다고 말하지 않는다

근심이 있는 사람은
감추어도 얼굴이 말한다

행복한 사람은
행복하게 웃는다

문득 그 사람의
안부가 궁금해지면
무척 그리운 사람이다

나 홀로 성탄절

붉은 기운을 토해내고
저물어 간다

저 너머 성탄의 종소리
숨넘어가는 소리

바람을 삼키고
뜨거운 입김 섞인 목소리도

오늘 밤 자고 나면
지난 시간도
한결 부드럽고
편안하게 맞이하리라

겨울 햇살

스쳐 가는 자리
에는 아픔으로
추위는 절정을 맞는다

손끝은 얼어가도
마음만은 따듯해
가지 끝에도 눈꽃이 핀다

한낮의 햇빛이
유리창에 부딪혀
감미로운 전율은
온기로 다가온다

빛으로 다가와
온기를 전해주는
공기의 흐름이
참으로 따듯하다

흔들리는 마음도
소중한 존재로서

너의 변함없는
사랑을 온몸으로 느낀다

겨울나기

빛바랜 은행잎
바람에 뒹굴다
어느새 춥다고
작은 틈새 비집고 끼어든다

머리를 묻고 나니
떠도는 일 없어
여기가 마지막 머무는
보금자리던가

얼어붙은 발자국에
진눈깨비 흩날려도
꽃망울은 봄을 향한다

달라진 아무것도 없이
그것이 행복이고 사랑이다

살 에는 추위도
따듯한 온기로
다른 사람과 나눌 수 있다면

이 한겨울 외롭지 않고
포근하리라

십일월의 달력

앞으로 향해 가는
멈추지 않는 시간에 맞추어
또 한 해를 살았다

열두 잎 가득 채우고
한 잎씩 떨어져
남겨진 빈 흔적

세월 지나도
지울 수 없는 운명처럼
차곡차곡 쌓이는
둥근 나이테

오늘 지나면 남는 한 잎

마음 같아서는
올 한 해를 전부
유예시키고 싶다

이미 얇아진 가지에

덩그렇게 붙어 있는
잎마저 떨어지고

지나간 세월이
메아리 되어 돌아오고
나이테를 따라
인생이 굽이 돌면

다시 태어나는 설렘으로
나무는 겨울 채비 바쁘다

어느 날 카페에서

만추의 서정은
가슴에 커다란 구멍을 남기고
휑하니 바람만 드나들어

따뜻한 커피 한 잔의 여유가
쌉쌀한 삶의 맛으로 혀끝에 감돌고
입가에 엷은 미소 번져간다

쓸쓸함보다 고독이 어울리는
빛바랜 앤티크 액자에 담긴
중년이 되어 있다

낙엽으로

노랗게 물들어
바람의 속도로 비행하는
은행잎

지난 시절의 회한
다 떨군 가지마다
차가운 가슴으로
홀로 서 있다

낙엽이 지는 날
얼룩진 세월의 영혼도
그 모습을 감추고

바람 같은 나도
하염없이 흩날리고 있다

그대에게 가는 길

은하수 건너
어디로 가야 하는지
알 수 없어
달빛에 물었습니다

한참을 헤매다
목마른 가슴
푸른 하늘에 얼굴 묻고
푹 빠져봅니다

오래 묵힌 슬픔조차
이내 사그라들었습니다

흐르는 강 안개 걷히고
새벽이슬에
그대 얼굴 담아 둔 채

꼬이고 꼬인
마음 풀어내겠습니다
〈

내 사랑 닿지 않아
전하지 못하고
밤을 밝히는
등불이 되었습니다

푸른 강

금방
푸른 물방울
뚝
떨어질 듯
빠져드는
저 넓고 깊은
은하수 품으로
흐르는 것마다
강이 되어
내
영혼도
흐르고 있네

바람의 마음

초야에 묻혀
자연을 노래하는
바람 같은 시간
잡으려 한들
잡을 수 없고
손에 쥔다고
내 것이 아닌걸
눈앞에 있어도
보지 못한 바람을
가슴으로 읽습니다
고요한 자유 속을
흐르고 싶습니다
욕심 다 비우고
홀가분하게 내려놓으면
아무것도
더 바랄 게 없습니다

나는 누구인가

내 몸을 알려거든
하루 종일
내가 먹는 것들을 보자
그것들로
내 육체는 이루어져 있으니

건강한 삶을 위해선
가까이 있는
내 주위를 보자

만나고 거쳐 가는
시공간에서
나는 인연으로 이어지는
삶을 살고 있는지

남들보다
많이 안다고
내세우지 말자

사람 위에

사람 아래
사람 없다는 말

그 말의 의미를 알기까지
많은 세월을 허비하였다

감사하는 마음

불행한 사람은
보여 주기 위해서 사는 사람이고

행복한 사람은
더 바랄 것이 없는 사람이다

두려운 건
한 치 앞도 볼 수 없는 절망

미련한 사람은
남의 것을 잡으려는 자이다

현명한 사람은
잡지 않아도 내게 찾아오는
희망을 아는 사람이다

행복의 조건은
감사하는 마음의 상태이다

새벽비

초로의 심신 속
다가오는 새벽은
칠흑의 밤을 깨우고

시간을 거슬러 올라
한 겹씩 벗어던진 어둠이
굴레 속에 잠든다

닫힌 마음을 두드리며
비는 내리는데

정지된 생각에 밑줄 긋듯
지저귀는 새소리 아래
안개만이 자욱하다

3부

물 위의 흔적을 지운다

가을 이야기

억새는 바람에 몸을 맡기고 서걱서걱 거친 숨 몰아쉰다

가을빛 깊어가는데 내 마음 어디에 가닿을까

아직 희미한 바이올린 소리
찬 바람에 일렁이면 날카로운 음률로 파고들겠지

높은 하늘 구름은 바람 따라 흐르고 흔들리는 나뭇잎들
이 화려한 변신 꿈꿀 때

내 아둔한 순수도 유한한 시간에 맡겨지겠지

슬픔이 저장되는 가을

나의 가을은 바람으로 떠돈다

산다는 건

봄 멀미 끝나고

욕심이란 덫에 갇혀
몸부림치며
마음의 문을 닫는다

가까이 손 내밀면
더 멀어진다는 걸
이제 알게 되는구나

어리석은 자의 민낯이 화끈거리고
부끄러워 고갤 떨군다

뒤죽박죽
삶을 이루고 있는 허울
언제나 벗어 버릴 수 있으려나

내 남루한 뒷모습처럼
백야의 밤을
어떻게 건널까

〈

살기 위해서는 누군가를 부여잡고
때로는 끌어내리는 현실에서
나는 자유로울 수 있을까

옳고 그름은
누구에 의해 이루어지나
혹여 내 마음속 또 다른 내가 사는지
물어보고 있다

계절의 길목에서

아무리 추워도 봄은 온다

훈풍의 마음속에서
새싹 자라듯 움트고 있다

가만히 기울이고
발밑에서 태동하는 소리 들어 보라

오늘 하루가 내일로 바뀌고
기다림은 설레는 마음 심는다

삶 속에 기다림이란
인생을 완성하는 마음

언젠가
내 시간이 다 소진되는 날
소중하게 잘 쓰고 왔다고
감사함을 표하고 싶다

나와 상관없는 인연

겉으로 닿아 있어도
참된 인연은 아니리라

언젠가 만나야 할 사람
우연히든 필연이든
지금 가는 이 길 어디쯤에서
새로운 계절의
길이 되어 서 있으리라

애심

저 멀리 오는 손님
한발 앞서 마중 나가
차가운 손
온기로 감싸준다

오신다는 기별 없어
민낯으로 봐야 하니
혹여나 놀라지 않으셨나요

한 계절 머물다
떠나신다면
어깨 내어 드리니
잠시 쉬었다 가세요

아쉬움 남아
다시 오신다면
가슴 비워두고
온몸으로 맞이하겠습니다

이슬방울

한낮 더위 가시고 나면
가을밤 같이 있고 싶은 사람

너였으면 좋겠다

바람이 전하는 소식
요동치는 가슴 멈출 수 없음은

너였기 때문이다

저 멀리 흐르는 별빛
말없이 주시하는 그리운 눈망울에

너를 담았으면 좋겠다
네 파릇한 풀잎에 맺히는
차가운 이슬방울이

나였으면 좋겠다

개망초꽃

길고 긴
늦여름 터널에서
떨구어진
무거운 고개
새벽이슬 머리에 앉히고
깊은숨 내쉰다

어두움에 쫓기어 밀려가는 시간

잊혀 가는
생의 순간에도
눈길 닿아 피어나서
널린 들판에 밥풀 같은 꽃

바깥세상을 향해 발돋움하여
뿌리부터 뒤척인 당신

더러는
햇볕에 시들고
거센 바람에 드러누워도

바라보는 사람 없다면

꽃숭어리로 피어난다 한들
누가 그 이름 불러 주겠는가

먼 길

숨죽이고 사는 세상

참고 견디는 것도
한계에 다다른 듯

무심한 바람마저
조여 오는 가슴은 답답하다

아름다운 패배를 선언하는가

머리에서 가슴에 이르는
먼 길을 헤매듯이

내일의 희망을 기대함이
이렇게 더디고 힘든가

아직 예감하지 못한
눈치 없는 세월만
저 홀로 앞서가는데
〈

목련꽃 울음 터지는 날
내 눈물 속
봄은 한창이다

나잇살

더위를 끌어안고
하얗게 지샌 밤
오지 않을 듯 베일에 가려놓는다

제자리를 찾아가는 길에
주름 하나 더한 나잇살

정물처럼 늙어가는 표정 사이로
간명한 목차로 요약되는 나

당당하게 달려오는
가을 앞에
여름이 고개 떨구고
슬그머니 자리를 내어 준다

동백꽃 피고 지고

침묵을 호명하는 꽃

가볍게 눈 밝아진 세상
소리 없이 고개를 든다

어느 바람이
문득 툭 치고 가면
꽃 수술 붉은 입술
파르르 떨린다

호젓한 마음 위로
종일 눈은 쌓이고
차갑게 녹는 동안

따듯한 숨결 뱉어낸 뒤
동박새 울음소리 따라
사위四圍 밖으로 사라진다

홍매화 피는 날

가슴에 묻어둔 씨앗

낮은 침묵 겹겹이
생명을 잉태하고

너에게로 가는 길목에
붉게 피어난다

속절없는 생각에 젖는
나뭇잎 하나

희미한 가로등 불빛에
애절한 추억으로 녹아들고

슬픈 연대의 계보처럼
억겁의 노래 같은
꽃의 주문은 계속됐다

목마른 밤을 지나

외로움 끝에서 만난

방긋 웃는 홍매화

머물지 않는 바람

계절을 앞세우고
다가오는 너의 모습

풀숲을 헤집고
들마루 앉아도
스쳐 간 뒤에 알 수 있으니

느낄 수는 있는데
모습은 볼 수 없구나

매일
보이지 않는 문장을 읊으며

창살에 매달린 바람으로
흔적도 없이 떠난다

때 이른 무더위에
시원한 옷 한 벌
입히지 못한 사랑
〈

바람 한 조각 붙잡지 못하고
속절없이 뒤척이다

생각 한 페이지를 넘긴다

눈 오는 날

눈॰ 빛에 베일 듯
손끝이 저려옵니다

아껴 두었던 자리마다
서리 맞은 눈물도
동면에 들어갑니다

오늘의 감정이
오늘의 일기가 되기도 합니다

입동이 가깝습니다
하늘을 나는
새 떼도 추워 보이는데
시나브로 눈을 내립니다

그믐에 닿아버린
비린내 나는 독백의 하얀 꽃송이

물빛에 아른거릴 뿐
향기만 남은 자리에서

꽃 같은

이별을 배웠습니다

인천항

거친 손등을 비비며
등촉을 밝힌다

하나둘씩 모여든 불빛

잔잔한 바다 위로
집어등 불빛이 유난히 밝던
그날 밤

유리 파편 같은
별빛은 쏟아지고

칠흑의 어둠 속에서
파도의 울렁증을 이겨낸
뱃고동 소리

만선의 깃발을 올린 배는
항구로 돌아가기 위해
물 위의 흔적을 지운다

개화

봄바람에
꽃 벙그는 날
당신은 환하게 웃었지요

봄의 향연처럼
기도마저 향기로워요

불이不二의 정토가
가지 끝에서 펼쳐집니다
꿈속인 듯 현실인 듯
몸서리치며 뒤척이던 밤

홀로 걷고 있는 내 그림자

표정이 가려진 채
그 이름만 남아있지요

눈천지

흩어지는 하얀 꽃잎은
잠들지 못하는 바람에 실려
얼어붙은 바닥에
길을 잃고 부서진다

허공을 가르는 손짓
가슴으로 안으려 해도
내 품에서 멀어진 것마다
하얀 무덤으로 쌓인다

잠든 아이를 다독이듯
눈천지가 된 밤
어떤 모습도
하얗게 색칠되었다

은폐할 수 없는 외로움
겨울은 깊어진다

지나온 발자국 위의
얼룩진 세월도

잔주름을 감추면서
백발이 되어간다

재 넘어가는 길

멀기만 하다

저 큰 산 휘어 감고
돌고 돌아가야 하거늘

가로지르면 가깝더구먼
어이하여 꼬불꼬불
눈감고 더듬느냐

지나온 길 뒤 돌아보고

한발 한발 걸쳐가며
구슬땀 씻겨내니
그 기분 누가 알겠소

늘 먼 곳으로 흘러가는
인생의 길

안전을 담보할 수 없어
한 치 앞도 모르지만
그대가 있어
재 넘어가는 길은 외롭지 않네

여명

이슬 머금고
창문을 비집은 바람
한 걸음 다가선다

밤새 달려와서
온기는 빛으로 식어가고
어둠에 가려진 얼굴
희미하게 민낯이 드러날 즈음

남은 고요마저 거두어간다

옆구리 사이 둥지 틀고
더듬는 부드러운 손길
부스스 잠 깨우고
그림자 좇는 여명에
하루가 시작된다

4부

기억은 부/새지는 파편으로

노을빛 등대

수평선 너머
붉은 노을이 지면

등대 불빛 찾아
바다는 밀려온다

세상을 등지고
돌아앉은 세월

어둠이 머물다간 자리
뜬 눈으로 너를 지킨다

이택재麗澤齋

영장산 줄기 선회하다
텃골에 내려앉는 새들

푸른 실록은 하늘 가리고
경세치용 주춧돌 삼아
열띤 토론 울려 퍼져
장재張載*의 고견, 뜨겁구나

이택법 근본은
유학과 실학의
뼈대이고 힘줄이거늘

삼백 년 무뎌진 세월
무성하게 자란 나목도
곧은 절개 담아 우뚝 서 있다

영장문 밖 열기
그칠 날 없으니

그 결기 다지는 의지

후세에 전하리

* 장재: 송나라 때 성리학자.

한나절의 꿈

동이 트는 새벽
어둠을 지나
대문 열고 길을 나선다

두 손에 하얀 도화지
마음은 푸른 꿈을
가슴에 따뜻한 우정

달려가는 그 길에서
하나둘 그려가는
우리들 인연

아무 일도 일어나지 않은 허공에
새들은 날아가는데

침묵의 강은
유유히 흐르고
스쳐 가는 바람
갈대숲 헤집고 숨 고를 때
〈

저물어 가는 석양 노을
저 멀리 어둠을 불러온다

적벽강

굽이굽이 흐르는

작은 영혼들이

적벽에 부딪혀

황톳빛으로 물이 드네

꿈틀대며 어디로 가는지

알 수 없어도

지나온 길 궁금한지

자꾸 멈칫거리네

윤슬의 운명

빛으로 너를 비춘다

닫힌 수면 기웃거리듯
물속 아른거리는

작
은
영
혼

흔들리다
반짝이다
토해내는 멀미는 바람에 밀려
눈을 뜰 수가 없구나

영장문靈長門[*]

우뚝 솟아
한 시절 붐볐던 기품으로
들고 나는
수많은 발자국 소리
기억하고 있으리

앞뜰 실개천 흐르는 물소리
깊은 밤 두견이도
고목에 앉아 읊조리며
이곳이 텃골임을 알린다

인생을 살아감에 있어
근본의 깨우침을 설파하는 고택

산기슭 순암順菴 잠들어 계시고
영장문은 열려 있어
반겨 맞으리

얼마나 따듯한 배려인가
누구라도 찾아와서

혜안과 지혜를 얻어가리라

* 영장문: 안정복을 추모하기 위한 사당에 들어가는 문. 광주시 중대동.

쌍무지개

피앙세 꿈을 좇아
행운은 그대의 가슴에 묻고

태양을 마주 보고
반원으로 피는 꽃

빨주노초파남보
형형색색
쌍꺼풀이 무겁지도 않은지
방긋 웃는 쌍무지개

쑥대밭 같은 일상도
제자리를 찾아가고

설레는 마음
활짝 열어젖히고
희망으로 채운다

아카시아꽃 필 때면

생각의 마디마디
주렁주렁 늘어져
기다림의 문을 연다

송알송알
바람에 흐느적거리다
향기 속으로 빠져들고

하늘의 처마 끝은
오월을 끌어당긴다

얼마나 깊은 애절함이 있었을까

속절없는 시간
그대 앞에 서면

꽃차례로 이어진
꽃송이마다
하얗게 속을 태운다

봄의 연가

견뎌낸 삶의 부침이
아문 상처를 도닥인다

외투 속 굳은살 들추고
내미는 어린 이파리

하늘도 눈을 뜨고
결 곱게 풀어내는 연둣빛

가쁜 숨 몰아쉬며
멎은 듯 고요한 침묵 속에
생명을 잉태한다

햇볕은 속삭이듯
흔들려 일그러진 얼굴도
물오른 연둣빛 짙어가는 눈썹으로
인생의 출구를 내는구나

어둠 속
쏟아지는 별빛은

잠 못 드는 또렷한 기억으로
비좁은 가슴에 잠들고

다시 온 새날을 맞이한다

기억의 갈피

(코스모스)
햇볕에 달구어져
하늘거리는 가냘픈 여인

잊은 채 지내 온 세월에
번져가는 그리운 물결
향기마저 없는 건 아니구나

생의 불씨를 살리듯

방긋 웃는 미소는
내 누이 마음 같더라

(잊힌 기억)
어렴풋한 기억 하나 간직한 채
부푼 그리움으로 찾아드니
온데간데없구나

빈 수레 되어
돌아온 곳이 미사리

눈앞에 두고 돌고 돌아왔구나

사십 년 세월 거슬러 보니
지난 것은
그대로 두어야 아름다운걸
기억은 부서지는 파편으로 남는다

정거장

길모퉁이
몇 번이고 돌아보면
들려오는 낮은 목소리
귀를 세우고 기다린다

헤어짐과 만남이
기쁨과 슬픔으로 얼룩지면
다독이는
투박한 손끝에
묻어나는 연륜은
살아온 시간을
뒤돌아보게 한다

호흡을 가다듬는 바람과
과거를 더듬는
내가 무엇이 다른가

닿을 수 없는 열차를 타고
무리 속에 끼어 여기까지 왔구나
두 발끝에서

고무 타는 냄새가 난다

숱한 번민을 재우고
정거장으로 향하는 길목
먼 하늘이 어제보다 가깝다

가을 애상

가을비 바람에 날리고 저 하늘 기러기 갈 길 멀다 슬피 우는 목소리 애절하구나

낙엽에 젖어 드는 빗방울 얼룩진 상처에 파묻되어 쌓아 둔 마음 담아 놓고

애타는 시간은 한 계절 밀어내고 세월의 문턱 넘으려 하는데 찬바람 안아줄 가슴은 뜨겁다

*

시간을 먹고 잠든 달빛 아침 맞으며 햇살로 다가설 때 기쁨은 결실로 맺어진다

들꽃은 자유롭게 피어 길들여진 화초가 아니기에 하늘에 스치는 모습 아프지만
거친 바람도 반갑게 맞으리

*

억새꽃 은빛 너울 가슴으로 스며들고 하늬바람 스치는

길마다 가슴앓이 깊어 간다

　어느 날 서릿발 앞에 서면 그리움 한 조각 초로의 모습
이어라

진주

모래알 박혀

에이는 아픔 온몸으로 감싸고

흐르는 눈물 어이할까

아픈 흔적

무뎌진 마음에 묻고

아른거리는 네 모습

봄볕이 번쩍 눈을 뜬다

빗물 흐르는 밤

빗방울

똑똑똑 두드린다

아직

마음에 여유도 없는데

열어달라 보채네

기왕에 온 길

검은 우산 접고

바람도 잠잠히

온기 찰 때까지

곁에 머무시라

때가 되면

벚꽃에 마음 뺏기던 밤

가로등도 하얀 얼굴 내밀고
수줍은 듯이
나뭇가지에 숨고

살갗에 부딪히는
은은한 향기에
밤잠조차 설친다

피부에 곰삭듯 들어와
내 마음 이끄는 향기 따라
먼 길 떠나는
나의 봄은
푸르기만 하네

오랜 시간을 뒤돌아본다

이내 보내야 할 너
잡는다고 머물 수 있을까

그냥 두어도 떠날 것을
어이 잡으려 하나

아쉬움에 푸념이 길다

설한목雪寒木

겹겹 쌓인
세월의 흔적

눈은 삭풍으로 몰아치고
시린 마음 사무친다

깊게 파인 주름 속
눈물로 채워지는
골짜기마다 한기가 파고들고
빙의氷依에
움직일 수 없는 몸

회오悔悟의 이끼 덮고
잠을 자려 눈 감아도
무거운 근심의
갑옷을 벗을 수 없다

봄바람에 실핏줄 흐르는 온기로
내일을 꿈꾸며 벗어 놓은 허물

설한목 깊이 가라앉는 생각이
산 하나를 감싼다

라일락 향기

내려앉는 땅거미에
은은히 밀려온 향기는
뿌리칠 수 없구나

울타리 그늘 어딘가
네 모습 풀잎 속에 가려
얼굴은 보여 주지 않은 채

향기는 목신木神을 감싸고
생의 덧난
상처를 치유한다

풋살 냄새 되어
보랏빛 가운 하나 걸치고
바람에 여운을 남겼는가

순정한 사유 속 진정한 표상의 언어들
－김재원 시집『그리움을 깨우다』중심

박철영(시인·문학평론가)

긴 시간의 고뇌가 삶의 안위를 위한 시간으로만 허비되지 않고 시라는 문장으로 거듭 태어났다면 진정한 마음으로 바라봐야 한다. 누구나 할 수 있을 것 같은 시 쓰기가 막상 맞닥트리고 보면 쉽지 않다는 것을 알기 때문이다. 사실이지 한 줄의 행간을 메우기 위해 고통스런 몸부림을 다하는 것이 시인의 삶이다. 평범한 삶의 순간을 시로 변용한다는 것 자체가 일상적이지 않은 일이다. 시가 되기 위해서는 고뇌가 수반되는 것으로 잘 되거나 못 되거나 항상 긴장을 놓을 수 없다. 소싯적 숨바꼭질처럼 숨은 아이를 찾아내고 그러다 지치면 그만두는 놀이가 아니라 아예 존재조차 하지 않은 허상 속에서 실재한 형상으로 하나하나 창조적 아이디어로 실체화시키는 작업이기 때문이다.

그런 것을 누구보다 잘 알고 있기에 종종 시집 한 권

분량을 받게 되면 미안한 마음부터 앞선다. 누구 하나 소중하게 들여다보지 않은 고투의 시간을 감당하면서 얼마나 많은 고뇌와 두려움의 시간을 보냈을까를 상상해 본다. 일면식도 없는 시인이 내민 시편을 마주할 때 그분의 시심과 일체화되기 위한 시간을 오래 갖는 것도 이제는 절차처럼 되어 버렸다. 시인의 마음이 내 마음으로 건너오기까지 기다림의 시간도 필요한 법이다. 사람들마다 동일한 환경에서 사물을 대했을지라도 감각으로 인지되는 형상은 제각각이기 때문이다. 그런 면에서 우리는 흔히 그 시인만이 갖는 개성으로 이해하고 있다. 하지만, 그 안에 내재되어 있는 생각들이 다르다 해서 모든 본질을 부정해버리거나 이해할 수 없는 전혀 다른 물성으로 왜곡해서는 안 될 일이다. 그것을 공유할 수 있는 사회 보편적인 가치와 문학적인 세계로 소통될 수 있다는 또 다른 표현이기 때문이다.

김재원 시인의 첫 시집 『그리움을 깨우다』에서 말하고 있는 시적 사유의 범주와 정황으로 보여주려 한 세계는 우리의 삶과 크게 다르지 않다는 공감대를 형성하고 있다. 인생의 여정 속에서 있을 법한 일들을 시적으로 환기한 것을 보며 친연성을 유발한다. 누구나 일상에서 맞이할 수 있는 순간들을 시적 사유로 말하고 있기 때문이다. 시어의 중심이랄 수 있는 근원에는 인간적인 사유가 무던한 그리움으로 승화되어 전체를 아우르고 있다. 그것의 본질은 태생적인 모성에 대한 그리움과 사회관계로 확대되면서 심정적 간극의 공허함에서 표출되는 것으로 보인다. 그런 면면들이 김재원 시의 본질인 서정성을 돈독히 하여 온정적인 이미지를 강화해주고 있다. 이어 부연한다면 나름대로의 시적 심연을 통해 김재원 시인만이 발현할 수 있는 토대를 형성하였다고 볼 수 있다. 어차피 시는 삶의 반영을 드러내는 것으로 전체적인 모습의 일부라고 보면 될 것이다. 그 자체만을 분리할 수 없다는 것으로 금번 시집 속에서 자주 언급되는 그리움이 단적인 예가 된다. 그에 상응하는 대상은 특정할 수 없는 내면화된 세계와 밀접하게 연관되어 있다. 그래서 그리움은 해소되는 것이 아니라 무의식 속에서 간헐적으로 표출될 것이다.

마음의 거울을 바라본다

작은 틀에 갇혀버린 공간이지만

녹아드는 따스한 느낌

겨울 풍경마저 온기 속에 무너진다

밖으로 비친 네 모습

쇼윈도 천사라 부르고 싶다

무엇인들 어떠리

투명유리 통과하는 작은 인연

너로 인한 내 심연에서

네가 행복하다면 나 또한 기뻐하리

– 「마음의 창」 전문

　사물 속 지시된 대상은 특별한 이미지를 형상화하지 않은 채 실존하는 심미적 존재이며 시적으로 호명된 반영체다. "마음의 거울"을 바라보며 '마음' 바깥(현실)이 아닌 상상 속에 내재화된 형상을 실재한 것처럼 바라본다. 바깥보다 작은 틀(거울) 속에 비친 화자의 얼굴을 자신의 모습으로 받아들이며 평안함을 얻게 된다. 의도치는 않았지만, 사실 작은 틀 속에 갇혀 있다고 볼 때 답답한 느낌은 별개이다. 그것이 아주 잘못되거나 나쁜 것만은 아니라는 위안이 더 크게 작용하여 서다. 오히려 작은 공간 속의 안

온함을 갖게 된 것과 그 안에서 충만해 오는 만족감에 세상이 온통 좋아 보이게 하는 묘약인 것이다. 화자는 스스로 우물 속에 비친 자신을 보며 자아적 리비도의 한 유형으로 이탈해 가는 신화 속의 존재처럼 순간을 즐기는지도 모른다. 그것의 정점은 거울 앞에 오랫동안 서서 자신의 모습을 상상 속 자아로 일체화하는 황홀감에서 오는 나르시시즘을 느끼게 된다. 그것 또한 심정적 무의식에서 발현한 자신만의 긴장을 풀어내는 방법일 수 있다. 그런데 여기서는 화자가 화자에게 아름답다고 하는 것이 아니라 심미적인 대상이 따로 존재한다는 것으로 "밖으로 비친 네 모습//쇼윈도 천사라 부르고 싶다"라며 속내를 밝힌다. 그 대상은 무의식 속에 존재하기에 바라볼 수도 없을뿐더러 다가가 대화를 할 수도 없는 화자만이 알고 있는 '너'인 것이다. 때때로 마음속에서 불러내 간곡하게 살피고 그것만으로도 행복해하는 '대상'이 누구인가 궁금도 하지만, 아마 여기에만 존재하는 것으로 끝나지는 않을 것이다. 그 말의 뜻은 다른 시에서 출현할 수 있다는 여지로 보았다. 세상은 아는 만큼 보는 것이고 눈높이만큼 세상이 마음 안으로 들어오는 것이라 했다.

산 굽이굽이
구름은 내려와 앉았구나

〈

여린 이파리는 바람에 흔들리며

나무 그늘로 자라

뒹구는 낙엽이 되고

앙상한 가지들이

눈꽃으로 피어날 때

굽이치는 지층이

꼼짝 않고 버텨주었다

하늘 아래 첫 동네

곱사등처럼 굽은 허리를

조심스레 펴 보이고 있다

– 「가리왕산에서」 전문

　　가리왕산은 강원도 정선군 정선읍과 북면과 평창군 진
부면 사이에 있는 산으로 해발이 1561.9m나 되는 험준한
산악이다. 그런 산을 오르내린다는 것은 자연을 좋아하는
심성과 건강이 따르기 때문일 것이다. 화자는 이미 산의
상당한 높이의 등고선을 타고 올라 "산 굽이굽이/구름은
내려와 앉았구나"라며 펼쳐지는 풍광에 감탄하고 있다. 그

런 풍경이라면 누구나 세상을 잠시 잊고 별유천지 속에 든 듯한 환상적인 분위기에 도취될 것이다. 산봉우리 아래에 서부터 감아 올라 허리를 굽이도는 구름 띠를 상상해 보시라. 아득한 산 아래를 신비스럽게 감춰버린 풍경을 굽어보다 보면 은일隱逸한 마음이 거저 들 것은 뻔하다. 주변을 살펴보니 여린 이파리들도 그냥 이파리가 아니다. 가냘픈 저것들이 바람에 흔들리면서도 성장을 거듭하여 나무 그늘이 되어주다 계절에 순응하며 자연으로 되돌아간다. 오래전 생각하고 있던 정처로 몸을 던져 훌훌 움켜쥔 모든 것을 놓을 줄 안다는 이파리다. 그 비움의 자리를 앙상한 나뭇가지들이 서로를 비비며 긴 겨울을 이겨낸다. 거친 자연 속에서 저 작은 것들의 투혼적인 생명력에 화자가 경탄하며 아무것도 가진 것 없는 나뭇가지 위에 또 한 번의 생명력(눈꽃)이 살포시 앉았다 간다는 것을 놓치지 않는다. 그런 생각에 빠져들며 자연스럽게 자신의 살아온 시간을 반추한다. 모든 것이 긴 여정을 거쳐 다가오지만, 찰나라는 순간을 경유하게 된다. 기어이 통과의례처럼 소멸과 생성의 거듭됨으로 변화되는 것을 깨달으며 발아래 세상의 이치도 그러할 것임을 알아간다. 가리왕산 산봉우리를 "굽이치는 지층이/꼼짝 않고 버텨주었다"며 구름에 가린 산 아래 저 하찮고 보잘것없는 무른 듯 넙죽 엎드린 낮은 곳들이란 것을 깨달았다. 하늘 아래 첫 동네를 보며 지금껏 마음 편히 허리 한번 펼 겨를 없이 바삐 살아왔다는 것을 생각한다. 이제라도 조심조심 굽은 허리를 펴볼 일이다. 어차피 살아온 세월 갖은 세파를 잘 견뎌냈으니 그리할 만도 하겠다는 삶의 재발견인 셈이다. 가리왕산에 올라 세상의 이치를 깨달았으니 고단한 산행의 보상치고 손해 본 것은 아니다.

*

가을은 뒷모습이 아름답다

격정으로 치닫는 순간도
잠시 휴식으로 가는 길목이다

돌아볼 수 있는 참회의 계절
결과를 소중하게 받아들이는 겸손이 눈부시다

저, 낙엽 무덤도 아름답게만 보일 수 있는 건
새 생명이 있기 때문이다

—중략—

*

비바람에 견디던

빛바랜 이파리 바라보며

애끓는 마음뿐

시월의 가지마다

당신 마음 걸어 두고

겨울 앞에 서니

채우고 있는 욕심이

부끄럽기만 하다

-「가을의 뒷모습」 부분

　모든 사물에는 앞과 뒤가 있고 좌우에서만 드러나는 독
특한 형상이 있다. 그렇기에 앞과 뒤 좌우와 상하 위치를
구분하여 물상의 특성을 표현하곤 한다. 하지만 '가을'이
란 추상적인 의미 안에 담긴 뒷모습이 있는가를 새삼 생
각하게 되었다. 평범한 시어 같지만, 그렇지 않은 삶의 담
론을 부여하고 있음을 예감한다. 부연한다면 삶의 내공이
있어야만 바라볼 수 있고 그것의 심층적 의미망을 탐지할
수 있기 때문이다. "가을은 뒷모습이 아름답다"라는 말에
대하여 과연 모든 사물이 보여주는 현상의 뒷모습은 아름
다운가에 대하여 판단을 해보기로 했다. 가을은 그냥 가
을로 하늘에서 뚝 떨어진 결과물이 아니라는 것과 그렇게

변화되기까지 많은 관계들이 개입되어 이룬 다양성을 내포하고 있다. 다시 언급한다면 딱히 이것이다 라고 할 수 없는 만물상 같은 형상인 것이다. 뚜렷하게 보여줄 수 있는 것이 아닌 추상적인 개념이 농후하다. 그렇다고 더 이상 변화가 불필요해서 완성의 종지부를 찍는 것도 아니다. 여기에서 문제는 성장 활동이 완전하게 멈춘 것이 아니어서 기회만 된다면 변화로 전환될 에너지가 너무 왕성하다는 데 있다. 거슬러 올라가면 가을이기 이전 여름의 짙푸른 성장이 과할 정도로 집중한 시간이 있었다. 더 거슬러 간다면 한겨울 앙상한 가지를 보호하기 위해 수관을 틀어쥔 고통의 시간도 만만치 않았다. 마지막 한기를 풀어가며 얼린 물길을 뚫어 부풀린 수액을 뿌리를 통해 밀어 올려 잠자던 꽃눈을 분화시키려 무던히 애를 썼던 시간들이 있었다. 그렇다면 가을의 뒷모습은 단순히 가을만의 정지된 풍경태가 아닌 혹독한 겨울의 모습부터 봄과 여름을 거친 생명력의 투혼이 결집되어 나타낸 복합화한 형상태란 것을 말해준다. 따라서 화자가 가을의 뒷모습을 말하고 싶어 한 심저에는 지난 긴 시간의 식물성을 인간적인 삶으로 환기하고자 하는 데 있다. "돌아볼 수 있는 참회의 계절/결과를 소중하게 받아들이는 겸손이 눈부시다" 라고 말하며 또 다른 삶의 모습으로 변주하려 한다. 화자가 말하고 싶은 진면이 곧 가을의 뒷모습이란 것을 알았다. 이제부터 담담히 말하고 싶어 한 마음을 이해해 보자. 지금껏 살아온 시간에 대한 참회의 시간을 가지면서 깊어지는 공허감에 대한 토로를 곁들이고 있다. "깊어 가는 가을이다/이 좋은 날/살면서 좋은 것만 할 수 없듯이/정리가 필요함을" 절실하게 느낀다는 것으로 살아온 날들을 되돌아보겠다는 것도 어찌 보면 세월이 그리하라 부추긴 것이다. 가만가만 뭉게구름처럼 부풀어 오르는 풍경 앞에서 만감이 교차한다. 그 순간들과 많은 시간을 더해 기어이 연륜 가득한 세월 앞에 서서 자신을 돌이켜보고자 한 여유일 수 있다. 이제 살아온 시간 속 점철된 욕망도 다 내려놓고 간절해진 것이라면 눈앞 나뭇가지처럼 긴 여름날의 "비바람에 견디던/빛바랜 이파리 바라보며/애끓는 마음뿐"이라며 제자리를 지키고 있는 나무 이파리를 보며 삶의 교훈적인 의미를 되새기고 있다. 자신을 뒤돌아본다는 것의 의미는 앞으로 어떻게 살겠다는 미래의 시간을 다짐하는데 더 큰 의미가 있다. 그래서일까? "시월의 가지마다/당신 마음 걸어 두고/겨울 앞에 서니/채우고 있는 욕심이/부끄럽기만 하다"는 마음으로 지금보다 허허롭게 세상을 살아가겠다는 각성에 도달한다. 깨달음이란 것의 궁극은 자기 자신을 돌아보는 심신수행과 같은 것이다.

햇빛이

가슴으로 스며드는

아침

함께할 수 있는

그대가 있어서 행복하다

나이가

든다는 건

뒤돌아보는 시간도

많아지는 것

욕망으로 채우려고

달려온 시간들도

한낱

부질없음을

고요히 북적이는

열락悅樂

비워내지 못하고

살아온 시간에

받았던 상처만큼

나도 누군가에게

아픔을 주지나 않았는지

만감이 교차한다

―「교차하는 만감」 전문

'만감'과 '교차'는 단순 비교가 아니다. 그 안에 많은
의미 언을 담고 있다. 시적 언어망에 포집된 삶의 시간들이
무의식을 통해 발현한 상징으로 환원되기 때문이다. 자신
을 뒤돌아보는 것은 지난날의 과정이 꼭 잘못되었거나 사
회 보편성에서 동떨어진 듯하여 그런 것은 아닐 것이다. 지
금 와서 회고해 보니 그렇게 살지 않았어도 되었다는 후회
이다. 따라서 화자가 발설하고 있는 심중의 생각들이 언어
라는 기의를 통해 발현되었다 해도 결코 잘못된 삶의 모
습이 아니라는 것을 전제한다. 오히려 자신의 지난 삶을
천착하면서 고비마다 판단해야 했던 순간을 곱씹어보며
그것이 최상의 선택이었는가를 반성한다. 먼저 화자가 욕
망한 것의 과정도 결코 과하지 않은 소소한 일상 속에서
시작된다. "햇빛이/가슴으로 스며드는/아침/함께할 수 있
는/그대가 있어서 행복하다"는 결언이 얼마나 소박한 것인
가를 알 수 있다. 무언가를 깨달아간다는 것은 그만큼의
연륜이 더해져야 그럴만한 여유가 생기는 법이다. 자의든
타의든 어쩔 수 없이 자연의 계절이 변화되듯 시간은 켜켜
이 세월을 덧씌워 물리적인 나이에 어쩔 수 없이 늙어간다.

늘그막에서야 "나이가/든다는 건/뒤돌아보는 시간도/많아지는 것/욕망으로 채우려고/달려온 시간들도/한낱/부질없음을"을 알게 된다. 그동안 자신만을 위한 삶의 질주였다면 이제부터라도 나로 인해 타인의 아픔이 있었는가를 헤아리고 싶은 것이다. 비로소 '나'가 아닌 '너'라는 존재도 소중한 것임을 생각한다. 욕망도 내려놓고 누군가를 위해 환원을 생각하는 시간은 햇살 조곤조곤 번져오는 아침이었다. 지난 세월 나만을 위한 욕망의 시간을 훌훌 털어버린 뒤 개안한 듯 아침 고요로운 마음에 파문을 던지고 있다. 세상이 새롭게 보인다는 말을 가슴에 담았다.

사람 마음이란
움직이는 것

생각이 정지되어 있다면
그것을 깨우는 건 자신이거늘
남의 탓으로만 돌릴 수 있을까

고착된 주장으로
가르치려는 자를
우리는 꼰대라고 한다

어디까지가 옳고 그른지를

판단하는 것도 시대마다 다르다

마음이 마음으로 이어지는 길은

진정 가고 싶은 길이다

무엇 때문이 아니라

존재만으로 환대받는 감격이다

─「이어지는 마음과 마음」 전문

"사람 마음이란/움직이는 것"이라며 그것의 파동이 미치는 영향을 주시하고 있다. 주변을 의식한다는 것은 그만큼 지금보다 아니면 남들보다 더 나은 사회의식을 행동으로 실천하고 싶다는 의지이다. 설령 그렇지 못하다 해도 현재보다 나아지고 싶은 변화 욕구인 것이다. 사람과 사람이 서로 자연스럽게 통하는 것을 이심전심이라 한다. 그 이심전심의 보이지 않은 통로는 어느 한쪽이 낮거나 높거나 해선 이뤄질 수 없다. 상명하달식 명령은 상명하복의 신분이나 계층 질서로 이뤄지는 경직된 소통체계이다. 그런 것을 우리는 이심전심이라 하지 않는다. 나이 들어 사회적인 소통의 벽에 갇힐 때가 있다. 그 벽은 남녀노소 대화에서만 발생하는 것이 아니라 비슷한 연배라 해도 의식에 따라 충

분히 발생할 수 있다. 그 세대 차이에 대한 고민을 하는 듯하다. 결국 어떻게 사느냐에 대한 것보다 어떻게 사회관계를 가져갈 것인가를 고민하며 그에 대한 "생각이 정지되어 있다면/그것을 깨우는 건 자신이거늘/남의 탓으로만 돌릴 수 있을까"라며 결과를 스스로 도출하고 있다. 사회관계론적 차원에서보다 좀 더 정교할 수밖에 없는 인간관계론에 대한 담론을 담고 있다. 스스로 언어 소통에 있어 절벽이 되었다면 자신의 문제라는 것을 인식할 수 있어야 한다. 내가 벽을 허물지 않으면 절대로 타인이 자신에게 접근할 수 없게 된다. 그런 사람을 젊은 세대는 '꼰대'라고 일컫는다. 애매한 '꼰대'라는 정의가 꼭 매사에 맞는 것은 아니다. 상대방과 화제에 따라 제각각 다른 모습으로 나타나기 때문에, 무조건 자신의 벽을 낮추는 것이 능사는 아니다. 주어진 상황에 따라 완만한 긴장으로 자신을 조율해 가는 방법뿐이다. 그것 또한 사회 보편 질서의 추세에 따라 민감한 부분이기도 한 것이다. 그 문제는 사회소통의 문제로 전반적으로 사회 교육적인 방법도 제시되어야 한다고 본다.

어느덧
세월에 등 떠밀려 가는
나이가 되었구나

〈

보잘것없는

한 사람으로 태어나

세상 속에서

살아보겠다고

열심히 살아왔는데

지금 와서 보니

모두가 일장춘몽이구나

주위를 둘러보아도

내 손에 쥐어진 것은

한 줌의 바람 같은

작은 추억들뿐

세월도

길 아닌 길로 나를 끌고

내 욕심만 과하게

흘러가는 시간

신기루 되어 사라진다

– 「등 떠밀린 세월」 전문

나이가 들면 여러모로 판단력도 흐려지고 신체 기능과 운동성도 둔감해지는 것이 사실이다. 자연스럽게 노화 과정이 진행되면서 그런 현상들이 나타난다. 이럭저럭 살다 보니 다들 나이가 들어 직업 전선에서 은퇴하고 사회 활동도 제약을 받게 되면서 사회문제화되는 것이 노인 문제다. 여기에서 그런 문제의식을 시적으로 풀어놓고 있다. 눈치 볼 나이가 되었다는 것은 알게 모르게 주변을 의식할 만한 일들이 발생했다는 의미로 받아들여진다. 어디 가나 나이 들어간다는 것은 아름다움과 멀어져 예우받을 여건에서 우호적이지 않다. 그만큼 사회 제반 환경이 이기심으로 심화되면서 나이 든 분들에 대한 인식이 그리 녹록한 것이 아니다. "어느덧/세월에 등 떠밀려 가는/나이가 되었"다는 자괴감이 문득문득 들 때가 있다. 지나가는 말투로 툭 던지는 말이 간혹 명치를 치고 들어와 자신도 모르게 멈칫할 때가 있다. 나이 젊어서는 그런 말이 가슴에 와닿지 않았지만, 연륜이 지긋해지면서 나이 들었다는 것을 깨닫게 된다. 아! 내 나이가 그리되었구나 하는 무력감이 현실로 확인된 순간이다. 그동안 젊어서는 온갖 풍상을 호기로 견디며 좀 더 나은 삶을 꾸려가기 위해 혼신을 다한 몸부림을 했다. 그렇게 열심히 살았건만 남은 것은 세월을 견디지 못하고 굽어버린 허리와 성치 않은 우려뿐이다. 자신만만하던 혈기와 투지는 온데간데없고 남은 것이라고는 한 시절 잘나갔던 '나'라는 자존심이 전부다. 그렇지만, 이놈의 세월은 이상하게 변화되어 그토록 고생한 '나'를 따가운 시선으로 바라보기 일쑤다. 그럴 때 딱 맞는 '일장춘몽'을 노랫가락처럼 읊조린다. 한갓 꿈에 불과한 봄철이 나란 것을 깨닫게 된다. 손에 쥔 것이라고는 아무것도 없고 그저 남은 것은 언젠가 닥칠 생로병사의 여분이 조금 남았을 뿐이다. 가쁘게 살아온 당신의 몸을 가누며 잠시 긴 들숨을 들이마셨다 내뱉어 보지만, 가슴 답답한 것은 변함이 없다. 그것이 어찌 보면 우리가 그토록 궁금해하며 지극하게 정성을 다한 삶의 전모인지 모른다. 그 형상도 어차피 세상의 이치 속에서 이뤄진다면 그저 무상한 것이려니 하며 담담히 받아들여야 한다. 자연에 순응하는 것이 순리임을 꼭 이렇게 된 뒤에야 알게 된다. 자꾸 허무한 '신기루'처럼 느껴진다는 세월 앞에 그래도 어찌하겠는가? 아직 '당신'은 당당할 때란 것을 간과해선 안 된다.

그리우면 그립다고 말하지

가슴에 담아두면

차고 넘쳐

마음이 녹아내릴 것 같다

보고 싶으면 보고 싶다 불러볼걸

입안에 맴도는 건
마음이 멈칫하기 때문이다

마음 감춘다고
숨겨지는 게 아니라
나만 그렇게 믿을 뿐이었다

나는 그리울 때마다
새로운 추억으로 갈아 끼운다

아주 멀기만 했던 과거가
바람처럼 밀려온다

– 「그리움을 깨우다」 전문

　지나고 보면 그리움이 되지 않은 것이 없다. 우연찮게 봉숭아꽃을 따다 검은 반점을 반짝이는 무당벌레를 보고 놀란 적이 있었다. 그 모습이 재밌다는 듯 웃어주던 누나가 지금도 예쁜 봉숭아꽃을 보면 생각이 난다. 이처럼 살면서 아름다워 예쁜 것과 즐거운 일만으로 일생을 이룰 수 있겠는가? 살다 보면 별의별 일들이 끝없이 이어지고 잊을 만하면 더 큰 아픔이 찾아온다. 그렇게 각인된 아픈 기억이 되살아나는 것이 인생이다. 과거 속에 묻힌 소소한 일

들이 가슴을 아프게 하여도 어쩔 도리가 없어 당신만이 업
보려니 하며 감당해야 할 몫이다. 뼈저린 상처도 애틋해져
못내 그리움이 되는 것을 막을 수가 없다. 화자의 가슴속
심연 깊숙한 곳에 잠재워둔 것이 부풀어 번져올 때는 촉촉
한 눈물이 남사스럽다. 살며 차마 말 한마디 못 한 채 순
간을 지나친 뒤 땅을 치며 후회하는 일들이 있기 마련이
다. 누구나 가슴을 툭툭 치면 불거질 안타까운 사연 몇 개
쯤은 안고 산다. 우린 어쩔 수 없이 그 일들을 후회하며
사는 것이고 그것이 인생이다. 그 후회스런 인생을 반복하
지 않기 위해 "나는 그리울 때마다/새로운 추억으로 갈아
끼운다"지만 그것도 임시변통에 불과하다. 이내 "아주 멀기
만 했던 과거가/바람처럼 밀려온다"며 지난 세월의 지독한
그리움을 떨칠 수 없다는 고백이다. 그 마음은 살아있는
동안 오매불망임을 알 수 있다.

　　　　슬픈 사람은
　　　　슬프다고 말하지 않는다

　　　　아픈 사람도
　　　　아프다고 말하지 않는다

　　　　근심이 있는 사람은

감추어도 얼굴이 말한다

행복한 사람은
행복하게 웃는다

문득 그 사람의
안부가 궁금해지면
무척 그리운 사람이다

                    − 「그 사람의 안부」 전문

   화자의 심중 속에 있는 모습을 달리하며 모호해졌지만,
결국, 가슴에 담긴 사람을 향하고 있는 것을 알 수 있다.
사람의 관계에서 우여곡절 한 사연이 깃들어 있다면 마음
을 쉬이 드러낼 수 없기에 페르소나적인 모습으로 타자화
할 수 있다. 그것의 다른 말은 본심 속에 감춰진 이면으로
자신이 추구한 전형적 심리 행동을 보여준다. "슬픈 사람"
과 "아픈 사람", 그리고 "근심이 있는 사람", 거기에 "행복
한 사람"의 모습이 제각각이라는 표상을 통해 판단해야
한다. 그런데 문제는 여기 어떤 범례에도 들지 않는 "문득
그 사람의/안부가 궁금해지면/무척 그리운 사람이다"라고
결론을 짓고 만다. 그렇다면 화자가 생각하고 있는 대상
은 소식을 전할 수 없는 상황에 있다. 그 사람이 누구인가

는 좀 더 시간이 필요할 것 같다. 아무런 소통을 하지 못 했던 이유다. 단지 바라는 마음은 무탈 없이 행복하길 소 원할 뿐 그렇기에 그리움도 깊다.

은하수 건너
어디로 가야 하는지
알 수 없어
달빛에 물었습니다

한참을 헤매다
목마른 가슴
푸른 하늘에 얼굴 묻고
푹 빠져봅니다

오래 묵힌 슬픔조차
이내 사그라들었습니다

흐르는 강 안개 걷히고
새벽이슬에
그대 얼굴 담아 둔 채

꼬이고 꼬인

마음 풀어내겠습니다

내 사랑 닿지 않아

전하지 못하고

밤을 밝히는

등불이 되었습니다

- 「그대에게 가는 길」 전문

　인간은 태어나 일정한 시기까지 본능적으로 모성에 집착하는 행동을 보인다. 이후 성장을 거듭하면서 이성이나 또 다른 사회의식으로 변화된다는 것이 일반적인 상식이다. 그 과정을 여러 학설로 분화하거나 그들만의 체계라는 학문 이론들로 구색하는 논거들을 볼 수 있다. 그렇다고 시 한 편을 놓고 복잡한 논증적 이론을 내세울 이유는 당연히 없다. 필요하다면 시에서 드러내고자 한 문답을 통해 다가가면 된다. 만약에 화자가 절대적인 누군가를 의지할 수 있거나 신뢰할 수 있다면 굳이 '달빛'에 물을 이유도 없다. 스스로 답하고 결론지어야만 하는 상황에서 혼자만의 사유로 인해 몹시 예민해져 있다. 이 시에서 전반부(1연~3연)와 후반부(4연~6연)가 화자의 심리 반영을 각기 달리하고 있다. 전반부 1연에서 질문을 하지만, 결국 아무런 답이 없자 순진무구한 상상 속에서 "한참을 헤매다/목

마른 가슴/푸른 하늘에 얼굴 묻고/푹 빠져봅니다"라며 그
동안 생각하지 못했던 방법을 실행한다. 그랬더니 의외로
"오래 묵힌 슬픔조차/이내 사그라들었습니다"라며 스스로
치유해 가는 자정력을 회복한다. 잠시 짧은 시간이지만, 결
과는 사뭇 다르게 긍정적인 방향으로 진전을 보인다. 후
반에서는 아예 누군가에게 묻거나 의지하지 않고 스스로
할 일을 정하고 실행에 옮긴다. 요컨대 안개가 낀 강을 바
라보다 풀잎에 방울방울 맺힌 '새벽이슬'에 비쳤을 자신
의 얼굴을 상상한다. 화자는 산책을 하며 고조된 분위기
에 혹 마음이 가버린 것이다. 그 이슬방울을 보며 자신의
처지를 깨달으며 잘못된 상황을 스스로 풀어낸다. 이후 사
랑이 닿지 못했던 원인(전하지 못함)을 진단하게 된다. 이
제 그 사랑에게 닿을 수 있도록 '등불'이 되고자 한다는
목표가 뚜렷해졌다. 전반부에서 보여준 수동적인 자세보다
후반부의 적극적인 능동태는 상당한 변화의식으로 과거와
현재를 확연하게 비춰주는 단면일 수 있다.

거친 손등을 비비며
등촉을 밝힌다

하나둘씩 모여든 불빛
〈

잔잔한 바다 위로
집어등 불빛이 유난히 밝던
그날 밤

유리 파편 같은
별빛은 쏟아지고

칠흑의 어둠 속에서
파도의 울렁증을 이겨낸
뱃고동 소리

만선의 깃발을 올린 배는
항구로 돌아가기 위해
물 위의 흔적을 지운다

－「인천항」 전문

　"거친 손등을 비비며/등촉을 밝힌다"는 항구의 기척이
소란하지만 분위기는 무거울 수밖에 없다. 새벽을 털고 나
온 사람들의 가슴속에 만선의 각오는 대단한 것으로 그렇
다고 원하는 만큼 이뤄지는 것도 아니다. 항구가 접해 있
는 인천은 오래전부터 서해의 중심항이었다. 일제의 강제
개항과 이후 외세가 드나드는 진입로 역할을 톡톡히 수행

160

하면서 소란스런 군말에도 지금도 항구일 뿐이다. 복작대는 서해 연안의 중심이란 것을 아는 것인가? "하나둘씩 모여든 불빛"들이 먼바다를 향해 빠져나가고 있다. 그 빈자리를 먼저 바다로 나갔던 배들이 들어와 긴 피로의 어창을 열어젖힐 것이다. 소란을 비집고 들어온 경매사의 후려쳐진 낙찰가에 머쓱해진 어부가 민망할 정도다. 그것마저 어찌하랴. 하늘이 내린 만큼 바다에서 건져 올렸고 그만큼만 세상이 내민 화폐 가치로 교환되는 현실인데 말이다. 어차피 영원한 만선은 없다. 인생에서 어찌 원한만큼 전부가 이뤄질 수 있단 말인가?

바다로 빠져나갔다가 되돌아오는 배들이 지루한 피로를 잠시나마 풀었다 가는 곳일 뿐이다. 그곳의 고만고만한 삶들이 하루 이틀 있었던 것이 아니다. 먼 과거 말고 일제 개항 때부터만 보더라도 그곳에 얽힌 많은 이야기들이 배의 측면에 그어진 흘수선을 넘지 않았다. 마치 어부의 손에 끌려 몸부림치다 생 살붙이를 털린 물고기의 은비늘처럼 상흔의 흔적이 여기저기 산재해 있다. 사람과 바다와의 만남과 더 멀리 섬과 섬이 만나고 다시 떠나갈 사람들이 파도처럼 출렁인다. 바다를 끼고 있는 연안의 항구는 단순히 어느 지점과 지점을 연결하는 출발지만의 의미가 아니다. 그곳을 통해 많은 사람들의 질펀한 삶의 서사가 매일 매일 다른 모습으로 전해지는 곳이다. 누군가는 절박한 사랑을 위해 이 연락선을 타고 어딘가의 섬을 찾아가고 어떤 사람은 마지막 남은 생의 기억을 지우려고 떠나는 사연들도 각양각색인 것이다. 떠났다가도 소식이 궁금해 다시 찾아드는 짠 내 물씬 나는 인천항이다. 그 항구를 통해 더 먼바다로 나아갔을 터이고 떠나갔지만, 다시는 돌아올 수 없는 영원한 이별의 장소가 되어 기억에만 남았을 수도 있는 '인천항'이다. 애타는 아낙의 눈빛을 뒤로하고 언 손 호호 불며 집어등 환한 배에 올랐을 어부의 목덜미가 미늘을 잘못 물어버린 물고기처럼 그 순간이 못내 아쉽기만 하다. 몇 번을 돌아보는 슬픈 윤슬이 눈물에 젖어 밀려갔다 떠밀려온다.

> 영장산 줄기 선회하다
> 텃골에 내려앉는 새들
>
> 푸른 실록은 하늘 가리고
> 경세치용 주춧돌 삼아
> 열띤 토론 울려 퍼져
> 장재張載의 고견, 뜨겁구나
>
> 이택법 근본은
> 유학과 실학의

162

뼈대이고 힘줄이거늘

삼백 년 무뎌진 세월
무성하게 자란 나목도
곧은 절개 담아 우뚝 서 있다

영장문 밖 열기
그칠 날 없으니

그 결기 다지는 의지
후세에 전하리

―「이택재麗澤齋」 전문

　주변을 탐방하다 보면 예상치 못한 역사의 숨겨진 이야기를 접하게 된다. 우리는 간혹 대상을 통해 충동해 온 감흥을 시적 세계로 인용하는 경우가 있다. 경기도 광주 근경에 자리 잡은 영장산에 올랐다가 유서 깊은 이택재麗澤齋에 들른 것이다. 그곳은 조선 후기 실학자 안정복의 사당으로 강학을 열어 후학을 양성했던 곳이다. 또한 "푸른 실록은 하늘 가리고/경세치용 주춧돌 삼아/열띤 토론 울려 퍼져/장재張載의 고견, 뜨겁구나"라는 것으로 봐서 '장재'의 사상적 근거를 통해 심오한 강론이 펼쳐진 곳으로 사료된다. 정이程頤에 의해 주창된 이기일원론에 상반된 이론을 주장한 장재는 사실 우리나라 사람이 아닌 중국 북송시대 유학자다. 장재는 만물을 특별하게 구분하지 말아야 할 대상으로 물아일체物我一體라는 개념 안에서 파악하고 생사死生가 다르지 않듯 생멸生滅 또한 그러하고 하나의 근본에 속한 집산集散의 변화로 인식을 했다. 우리가 알고 있는 성리학의 한 논리로 이해하면 되겠지만, 조금은 생경하게 다가오는 것도 사실이다. 하지만, 어디에서 많이 들어 본 것처럼 낯설지 않다. 그런 이유는 이미 교과서를 통해 그렇다고 배웠기 때문이다. 우주 만물의 모든 존재가 이理와 기氣로 이뤄졌다는 이기이원론理氣二元論과 상반된 주장임을 알 수 있다. 이후 치열한 논쟁이 심화되었고 사림문화에도 많은 영향을 끼치게 된다. 그런 심오한 성리학의 강론터를 둘러보며 색다른 감회에 빠져든 것이다. 화자가 말하고 싶은 것도 성리학의 깊이를 논하려는 것이 아닐 것이다. 영장산에 찾아갔다가 알지 못한 과거 한 시대를 뜨겁게 달궜던 학문적 열기를 감지한 것이다. 경내를 둘러보며 유교사상의 궁극을 이해하기 위한 강론과 토론의 치열한 당시를 상상하며 그냥 지나칠 수 없었던 것이다. 그들이 주장한 우주 원리에 대한 논쟁을 상상하며 전해오는 기운을 시적으로 상기한 것이다. 시 자체가 보이지 않는 현상에 대하여 구체적인 실체성으로 접근한다고 볼 때 화자가 바

라본 영장산으로의 산행은 깊은 사유의 연장선에서 이해해
도 무방한 것이다.

벚꽃에 마음 뺏기던 밤

가로등도 하얀 얼굴 내밀고
수줍은 듯이
나뭇가지에 숨고

살갗에 부딪히는
은은한 향기에
밤잠조차 설친다

피부에 곰삭듯 들어와
내 마음 이끄는 향기 따라
먼 길 떠나는
나의 봄은
푸르기만 하네

오랜 시간을 뒤돌아본다

이내 보내야 할 너

잡는다고 머물 수 있을까

그냥 두어도 떠날 것을

어이 잡으려 하나

아쉬움에 푸념이 길다

— 때가 되면 전문

　세상 것들을 집착하던 때가 있었다. 되돌아본다면 그 시점은 아무래도 혈기 왕성한 젊은 시절, 마음먹으면 다 내 것처럼 이뤄질 것 같던 시기가 아니었을까? 무던히 그런 마음을 버리려 했지만, 다시 샘물처럼 솟구치는 격정을 제어할 수 없었던 시절을 경험했을 것이다. 그것이 사람 사는 모습이고 욕망을 욕망한 결과란 것을 나중에야 알게 된다. 어차피 욕망이란 것이 자신의 소유가 될 수 없는 타자의 눈높이에서 비롯되기 때문이다. 흔히 타자화된 욕망이라고 하는 집착인 것이다. '때가 되면'이란 시제도 아주 깊은 의미를 담고 있다. 왜냐하면 그 안에 담지하고 있는 의도는 어지간해선 흔들리지 않겠다는 부동심을 표현한 것 같지만, 인생에 대한 무상을 말하고 있기 때문이다. 자신의 내면에 존재한 대상이 아닌 오감에 의해 충동되는 외부적 욕망으로 발현하기 때문이다. 여기서 "벚꽃에 마음 뺏기던 밤"의 욕망은 물욕에 대한 것이 아닌 순정함이라

그나마 다행인 것이다. 찰나를 경유해 온 '벚꽃'에 온통 몰입한 그것의 정점은 소유욕일 것이다. 나 혼자만 바라보며 온갖 아름다움을 독차지하겠다는 욕망인 것이다. 밤잠까지 설친 벚꽃 향기에 취한 순간이 결코 길게 느껴질 리도 없을뿐더러 "내 마음 이끄는 향기 따라/먼 길 떠나는/나의 봄은/푸르기만 하네"라는 안타까움의 푸념이다. 밤동안 향기에 도취된 시간이 긴 줄 알았더니 너무도 짧았다는 것이다. 이제 막 개화하기 시작한 봄과는 확연히 다른 만개의 시간을 가늠해야 한다. 사람이 추구한 욕망의 한계선을 깨닫게 되면서 무욕의 허허로움이 얼마큼이나 강해져야만 되는 가를 고뇌하며 "이내 보내야 할 너/잡는다고 머물 수 있을까"라며 질문을 던져본다. 돌아올 답은 너무도 뻔한 것이다. 모든 대상은 욕망의 크기만큼 아쉬움을 남기고 떠나간다는 무상감의 전형인 것이다.

지금껏 김재원 시인의 시를 살펴보면서 가슴에 와닿는 시의성에 대해 생각해 보았다. 그동안 삶의 순간으로 다가온 일상에서 사람과 사람 간의 온정에 대한 그리움이 짙게 내재되어 있음을 알았다. 그 연유는 그만큼 인간적인 삶의 관계를 중요하게 생각하며 살아왔다는 증거일 것이다. 항상 스치듯 다가왔다 떠나가는 사람들이 다시 만남으로 이어지지 못한 것은 현대인의 단절된 삶과 결부되어 있다. 그만큼 서로 살기 급급한 현실에서 벗어날 수 없다는 것도 하나의 이유인 것이다. 유독 사람에 대한 그리움이 짙게 묻어나는 것의 또 다른 이유는 세월의 연륜도 한 몫했을 것이다. 주변 사람들의 왕래가 뜸해진 요즘 안부가 궁금해졌다가 불쑥 그리움이 밀려오는 것을 보면 천상 사람 없이 못 사는 사람이다. 어차피 각자의 삶이 있어 마음처럼 되지 않는 것이 인지상정이건만 따뜻한 온정을 다독이기가 쉽지 않다. 마침표를 쉽게 찍지 못하고 머뭇거리는 동안 먼저 와 있는 애틋함이 새로운 그리움으로 거듭 파동되곤 한다. 더 많은 시간이 흘러서도 어딘가에서 손을 흔들며 그 사람들을 기다리고 있을 것만 같다. 시는 사람과 사람을 애틋하게 연민하듯 공감으로 연결하는 통로라고 볼 때 그런 시적 전형을 잘 보여주고 있다.

상상인 시인선 *049*

그리움을 깨우다
김재원 시집

초판인쇄 2024년 2월 16일 **초판발행** 2024년 2월 23일

펴낸곳 도서출판 상상인 **펴낸이** 진혜진

표지디자인 최혜원 **기획·마케팅** 전은빈 최유림 노혜림 정현수

책임교정 종이시계 **편집** 세종PNP

등록번호 제572-96-00959호 **등록일자** 2019년 6월 25일

주소 06621 서울시 서초구 서초대로74길 29, 904호

전화번호 02-747-1367, 010-7371-1871

팩스 02-747-1877 **전자우편** ssaangin@hanmail.net

ISBN 979-11-93093-44-3 (03810)

값 12,000원